JN063267

異国の女(ひと)に捧ぐ散文

PROSE POUR L'ÉTRANGÈRE

Julien Gracq

ジュリアン・グラック

松本完治 翻訳

山下陽子 挿画

MMXVII
KYOTO

ÉDITIONS
IRÈNE

異国の女（ひと）に捧ぐ散文

I

僕は君の酸味を帯びた爽やかな風を吸った、ヒヤシンスがまだらに咲き乱れ雪崩（なだれ）を打った四月の山中で、不意にすべてが頽（くずお）れる時でさえ道筋が分かる旅人のように、僕は君の危うい季節の中へ入っていった。君はひんやりとした春で僕の頬を打ち、ユキノハナを溶かす君の微笑みで僕をときほぐした、あたかも凍りついた聖像の指々から咲き開く災厄の花のように、君は僕の臆病さを突き抜けていく。僕は君の顔を愛する、心の指標と巡りくる数々の優しい季節を混ぜ返した君の顔を

――雪解けでひっくり返った場所よりも、さらに新鮮で、さらに紛糾して、さらに動揺し、まるで六月の空のうつろいや雪を飲む高原の牧草地のように取り乱した君の顔を――僕は愛する、桜桃（サクランボ）をくすねるような意固地な君の額を、若妻のように凛と閉ざした君の唇を――五月の庭の雪をすべて揺り動かす君の笑いを、夜の花壇の暗がりの君の声を――そして僕は愛する、新鮮な牧草地のような頬の端（はし）にある氷河の水たまりさながら、修道院の塀を飛び越える寄宿生のように緊張した君の瞳の青さを。

II

僕は日を数えるのを諦めなかった。町を救いに来る大軍を待つかのように、沈黙が列をなす、君の来ない日の数々。君が来なかった日々、僕の虚しい両手から、たくさんの影がこぼれ落ちたあの日々。けれど、僕は知っていた、君が庭の木戸から投げ込まれる花束のように入ってくることを、そして時には予期していた、日が暮れるまで、君は決して去って行きはしないと。そしてこんな日々もあった、宵闇が灰の中の燠火のように衰えずにくすぶっている時、まぶたが下がってくるような、長くて共犯関係めいた幸せな日々が。君が永遠に手の届かないところにいるわけではなく、時々、僕は君のすぐそばにいたのだ。僕は思い出す、時には、島を囲むような優しさに包まれて過ごした黄昏の時を。僕は思い出す、宵闇が海のように満ちてくる静まりかえった大きな部屋で、岩に打ち寄せるさざ波のように、いつまでも、軽く小突(こづ)くように狭い額を僕に押しつけてきたことを。

III

僕に聞かないでほしい、この大いなる苦悶の中で君と一緒に沈みゆく時、なぜ時々僕が目をそむけるのかを。僕は誰もここまで君を愛したことがないほどに、君を愛している、痛いほど、涙が出るほどに、君を愛している、失われた楽園のように。僕を君に結びつける一層熱い優しさの中には、匕首(あいくち)でひと突きされた生温かな潮の流れがあり、切り傷の唇にこみ上げてくる血潮の残酷な安らぎがある。僕が君をとらえるのは、僕の傷口の上だけだろう。取り返しがつかぬ以上に心を吸い寄せ、撒き散らされた血よりも胸をかきむしる激痛よ。残酷な星々を穿(うが)った夜空のように、孔(あな)を穿たれた僕たちの夜の奥底に、じっと想いを凝らしているあの眼、永遠に君を刺し貫くあの眼の繁みが

ある。引き裂かれた君の腹部の奥底で、千々に乱れて、僕は悪魔祓いのみじめな挙動を繰り返す。僕は血を流す、君の跡を追って行ったあらゆる人々に思いを馳せ、あたかも焼印を押されに行く従順で跛（びっこ）を引いた小さな獣（けもの）を連れゆくように、君の手を取り導いたあらゆる人々に思いを馳せながら。

IV

君が僕の寝台（ベッド）に腰かけ、難破して砂浜に漂着した女性よりはるかに蠱惑的な仕草で、長い髪を梳（くしけず）っている時、朝が金髪（ブロンド）の隠れ家の奥に潜むただ一つの青い火である時、朝の海の尽きせぬさざ波のように、僕の口に重なり合った君の口が、新鮮な一日の始まりを告げる時、君の

ÉDITIONS IRÈNE

エディション・イレーヌ

図書目録

2022年
7月

Je vous souhaite d'être follement aimée.—André Breton

新刊

異国の女に捧ぐ散文

ジュリアン・グラック　松本完治 訳　山下陽子 挿画

1952年、私家版・非売品・限定63部で発表された幻の散文詩集。愛に高揚する壮麗な佳品12篇に、美麗極まる山下陽子の挿画8点を添えた詩画集。意匠を凝らした美装本で贈る！

•A5変形上製ドイツ装、糸綴じ美装本、表紙箔押し題簽貼り、挿画8点入　3200円＋税

既刊

ジャック・リゴー遺稿集——『自殺総代理店』他

ジャック・リゴー　松本完治・亀井薫 訳

銃弾を胸に撃ち込んで《予定された》終止符を打ったダダイストにして、美貌のダンディ、ジャック・リゴー。ルイ・マルの映画『鬼火』のモデルとなったリゴーの実像に迫る本邦初の決定版。

•四六判、写真29点入、224頁　2500円＋税

エロティシズム

ロベール・デスノス　アニー・ル・ブラン序文　松本完治 訳

バタイユに先駆けること34年、天才デスノスが放つ究極のエロティシズム概論。サド研究の第一人者、アニー・ル・ブランの序文を新たに付し、澁澤龍彦訳以来、60余年ぶりの新訳で贈る。

•四六判上製本、152頁　2500円＋税

マルドロールの歌——今は冬の夜にいる

詩 ロートレアモン伯爵　画 ナディーヌ・リボー　訳 松本完治

現代フランスの鬼才、ナディーヌ・リボーが描く驚異のイマージュ33点と抄訳を対に付し、雨と降る流星のように美しい叛逆のポエジーが画像に結実した入魂の詩画集。

•B5判カバー装、ドローイング33点入、フルカラー92頁　2800円＋税

サテン オパール 白い錬金術

ジョイス・マンスール詩集　松本完治 訳　山下陽子 挿画

狂おしいまでの愛と死とエロス。《奇怪な令嬢》と呼ばれた美貌の女性詩人が放つ官能と死に引き裂かれた詩篇から172篇を精選、山下陽子の挿画を添えた本邦初の決定版詩集。

●A5変形函入美装本、表紙箔押し、384頁、挿画4点入　3250円+税

シュルレアリストのパリ・ガイド

松本完治 著・編・訳

シュルレアリストや《ナジャ》が歩いた道筋や場所をたどり、パリの街路に、シュルレアリスムの実像を浮き彫りにする本邦初の画期的なパリ案内。シュルレアリストゆかりのカフェ、劇場等、詳細なパリ地図付き。

●A5判美装本、写真図版70点入、184頁、　2500円+税

塔のなかの井戸～夢のかけら

ラドヴァン・イヴシック&トワイヤン詩画集　松本完治 訳・編著

最晩年のアンドレ・ブルトンに讃えられたトワイヤンの眩惑的な銅版画集にイヴシックの散文詩を添えた魔術的な愛とエロスの詩画集。詳細な資料本を添え、2冊組本として刊行。

●2冊組本・B5変形函入カバー付美装本、
　フルカラー銅版画12点、デッサン12点、図版60点入　4500円+税

至高の愛――アンドレ・ブルトン美文集

アンドレ・ブルトン　松本完治 訳

晩年の名篇『ポン=ヌフ』をはじめ、マンディアルグが推賞してやまぬブルトンの美文3篇を厳選収録、併せて彼の言葉の《結晶体》を編んで、その思想的真価を現代に問う。

●四六版上製本、写真・図版多数収録　2500円+税

マルティニーク島 蛇使いの女

アンドレ・ブルトン　アンドレ・マッソン挿画　松本完治 訳

熱帯の島マルティニークの神秘と、それを侵すものへの憤激が、マッソンのデッサン9点に溶け合ったシュルレアリスム不朽の傑作。待望の日本語完訳版がついに刊行！

●A5変形美装本、挿画9点、うち7点別丁綴込・特色刷り　2250円+税

「マルティニーク島 蛇使いの女」よりアンドレ・マッソン挿画

アンドレ・ブルトン没後50年記念出版

I 太陽王アンドレ・ブルトン

アンリ・カルティエ＝ブレッソン、アンドレ・ブルトン　松本完治 訳

石を拾い、太古の世界と交感するブルトンの姿を活写した表題写真集と、石をめぐる心象を綴った名篇『石のことば』を添え、ブルトンの魔術的宇宙観の精髄をみる。

●B5変形美装本、写真13点収録　2250円＋税

II あの日々のすべてを想い起こせ

――アンドレ・ブルトン最後の夏　ラドヴァン・イヴシック　松本完治 訳

晩年のブルトンと行動を共にした著者が、その死に立ち会うまでの12年間の記憶を綴った渾心の回想録。1966年晩夏、ブルトンの死に至る衝撃の真実。

[2015年4月ガリマール社刊、初訳]●A5変形美装本　2500円＋税

III 換気口 Appel d'Air

アニー・ル・ブラン　前之園望 訳

詩想なき現代社会の閉塞状況に叛逆の《換気口》を穿ち、ポエジーの復権を訴えたシュルレアリスム詩論の名著。アンドレ・ブルトンに将来を嘱望された著者の本邦初紹介。

●A5変形美装本　2500円＋税

IV 等角投像

アンドレ・ブルトン　松本完治 編　鈴木和彦・松本完治 訳

最晩年の未訳のエッセイ、インタビュー、愛読書リストを添え、ブルトンが晩年に発掘した22名の画家作品をカラー図版で紹介、さらに詳細な年譜を収録した画期的編集本。

[500部限定保存版]●A4変形美装本、図版約160点収録　4260円＋税

V シュルレアリスムと抒情による蜂起

アニー・ル・ブランほか　塚原史・星埜守之・前之園望 訳　松本完治 編・文

2016年9月に東京で開催された、アンドレ・ブルトン没後50年記念イベントの全記録。ル・ブランの来日講演録、ブルトンの長詩『三部会』他、展覧会図録を収録。

●四六判上製本、フルカラー24頁図版入、232頁　2880円＋税

虜われ人の閨房のなかで

ナディーヌ・リボー　山下陽子挿画　松本完治 訳

山下陽子の挿画で贈る現代フランスの作家ナディーヌ・リボーの比類なき愛とエロスの詩篇。対訳版による日本・フランス同時刊行として、瀟洒な糸綴じ美装本で贈る！

●B5変形判アートボール表紙、挿画4点及び表紙エンブレム入、糸綴じ美装本　1750円＋税

エドガー・ソールタス〈紫と美女〉短篇叢書

全巻表紙画 宇野亞喜良

不当にも米文学史から忘却された世紀末の頽唐派作家エドガー・ソールタスの短篇集『紫と美女』から、珠玉の掌編を一篇ごとに美装本の小宇宙に閉じ込めて、本邦初訳で贈る！

*アルマ・アドラタ　松本完治 訳

*太陽王女　生田文夫 訳

*サロンの錬金術　松本完治 訳

●限定800部、B6変形美装本、各巻平均38頁、造本：間奈美子　各巻1800円＋税

文芸誌 るさんちまん 3号 特集：デカダンス

昭和最後の年を飾る不朽の文芸誌。貧血した現代的状況への《るさんちまん》をもって、今は亡き美の狩猟者、生田耕作監修のもと、失われた馥郁たる文芸の美とデカダンの百花園を甦らせる。

●B5判上製紙使用　3500円＋税

文芸誌 屋上庭園――甦る言語芸術の精華

耽美・頽唐文学の饗宴！豊饒たる過去の世から美の結晶を選りすぐり、今は失われた麗しき言語芸術の精華を、「るさんちまん3号」を継承して、あえて世に問う《反時代的》アンソロジー。

●B5判上製紙使用　2400円＋税

品切本

- 薔薇の回廊　A・P・ド・マンディアルグ　山下陽子 挿画　松本完治 訳
- 愛の唄　ジャン・ジュネ　日乃ケンジュ 挿画　松本完治 訳
- 母、中国、そして世界の果て　ヘンリー・ミラー　生田文夫 訳
- 巴里ふたたび　アナイス・ニン　松本完治 訳
- 自殺総代理店　ジャック・リゴー　亀井薫・松本完治 訳
- ナディーヌ・リボー　コラージュ作品集　松本完治 編・訳
- るさんちまん 創刊号　編集／松本完治、協力／生田耕作
- るさんちまん 2号　編集／松本完治、協力／生田耕作

近刊予定のご案内〈以下の本は未刊ですのでご注意ください〉

汚れた歳月

A・P・ド・マンディアルグ　レオノール・フィニ 挿画　松本完治 訳

第二次大戦中モナコに逃避した著者が、限定280部私家版として刊行した処女作。《奇異なるイメージ》が炸裂した幻想的散文作品に、当時の恋人フィニの挿画を添えて、待望の本邦初訳で贈る!

ベイラムール

A・P・ド・マンディアルグ　松本完治 訳

文豪スタンダールの本名アンリ・ベイルとアムールを掛け合わせた造語「ベイラムール」。J・J・ポーヴェール版美装本で発表された情熱恋愛への珠玉のオマージュを本邦初訳で贈る!

神秘の女(ひと)へ

ロベール・デスノス　アンドレ・マッソン 挿画　松本完治 訳

著者の真骨頂をなす表題詩集の他、詩集「暗闇」等最高傑作を紹介、盟友マッソンの圧巻の彩色銅版画4点と、もう一人の盟友A・アルトーのオマージュを付した決定版詩集。

絶対の隔離　シュルレアリスム国際展図録

〈「シュルレアリスム宣言」百周年記念出版〉

1965年パリで開催された最後の国際展図録を本邦初訳で復元。ブルトン最後のメッセージをはじめ、多数のシュルレアリストのテクストや図版を満載。シュルレアリスムの今日的意義を問う。

星座

〈「シュルレアリスム宣言」百周年記念出版〉
アンドレ・ブルトン　ジョアン・ミロ 挿画

第二次大戦の戦乱中、清澄な天上世界を描いたミロの連作淡彩画22点に、1961年ブルトンが詩を添えて発表した目も彩なコラボレートを一冊の詩画集として刊行。

地獄堕ち

ジョイス・マンスール　ロベルト・マッタ 挿画

名詩「終わりなき欲望の欲望」を含む甘美で残酷なエロティシズムがみなぎる長詩5篇に、官能の眩暈をもたらすマッタの挿画11点を付した豪華詩画集。

犯罪友の会［絵本］

サド侯爵　挿画多数

戦後の永井荷風が、市川の地で秘かに林達夫から購入・愛玩していた、匿名画家による多数のエロティックな挿画入りのフランス地下出版本を復元、新訳を付した愛蔵版で贈る。

銃を構えろ!

フィリップ・スーポー　松本完治 訳

生前のジャック・リゴーが愛読したスーポーの長篇小説。リゴーをモデルにした主人公ジュリアンの悲劇的な結末は、4年後に訪れるリゴーの自殺を予言するものだった。

エディション・イレーヌ　ÉDITIONS IRÈNE

メール等、直接のご注文を歓迎します。　〒616-8355 京都市右京区嵯峨新宮町54-4　TEL:(075)864-3488　e-mail: irene@k3.dion.ne.jp

足が僕の熱い手に触れ、繊細な若枝を編んだ籠のように従順にきしむ時、愛馬に跨って疾駆するように、僕の腕に抱きしめられた君の肩のすみずみまで知ってしまう時——君は大いなる牧草地ですっかり僕を独り占めにし、夜が明ける前に優しい心遣いで準備される暖炉をいたわるように、僕を包み込む——僕は君を愛している、心底から用意の行き届いた我が家のように、夜明け前の火床にくべる薪（たきぎ）のように、そして凛と燃える朝の焔のように。

V

時として、濡れた春が、瑞々しい雨の花束（ブーケ）のように、彼女を僕のところへ投げ入れた、すると僕の口は、草原のような彼女の髪を長々と直かに噛みしめてから、彼女の口と瞳を僕の方へ引き寄せ、無垢で柔らかなキャベツの芯のように、その水滴を真珠の玉にしてしまう秘蔵の花の優しい心を、僕の方へ引き寄せるのだった。裾を高くからげた洗濯女のように足をむき出しにして立つ彼女は、熊手でかき回された黄金色の積み藁のように、突如、僕の周りに頽れてくるのだった——無垢な下着の特殊な花柄模様を施した調度類に、交互にリボンを結んで、優美な飾りを即興で創り出す精霊めいた女神のように——そして、突如間違いなく人の住みついた部屋の温かな和みに、すっかり笑みを浮かべた彼女の、一糸まとわぬ震える身体を僕の腕が受け入れるのだった、あたかも天の施し物に取り囲まれた王妃のように。

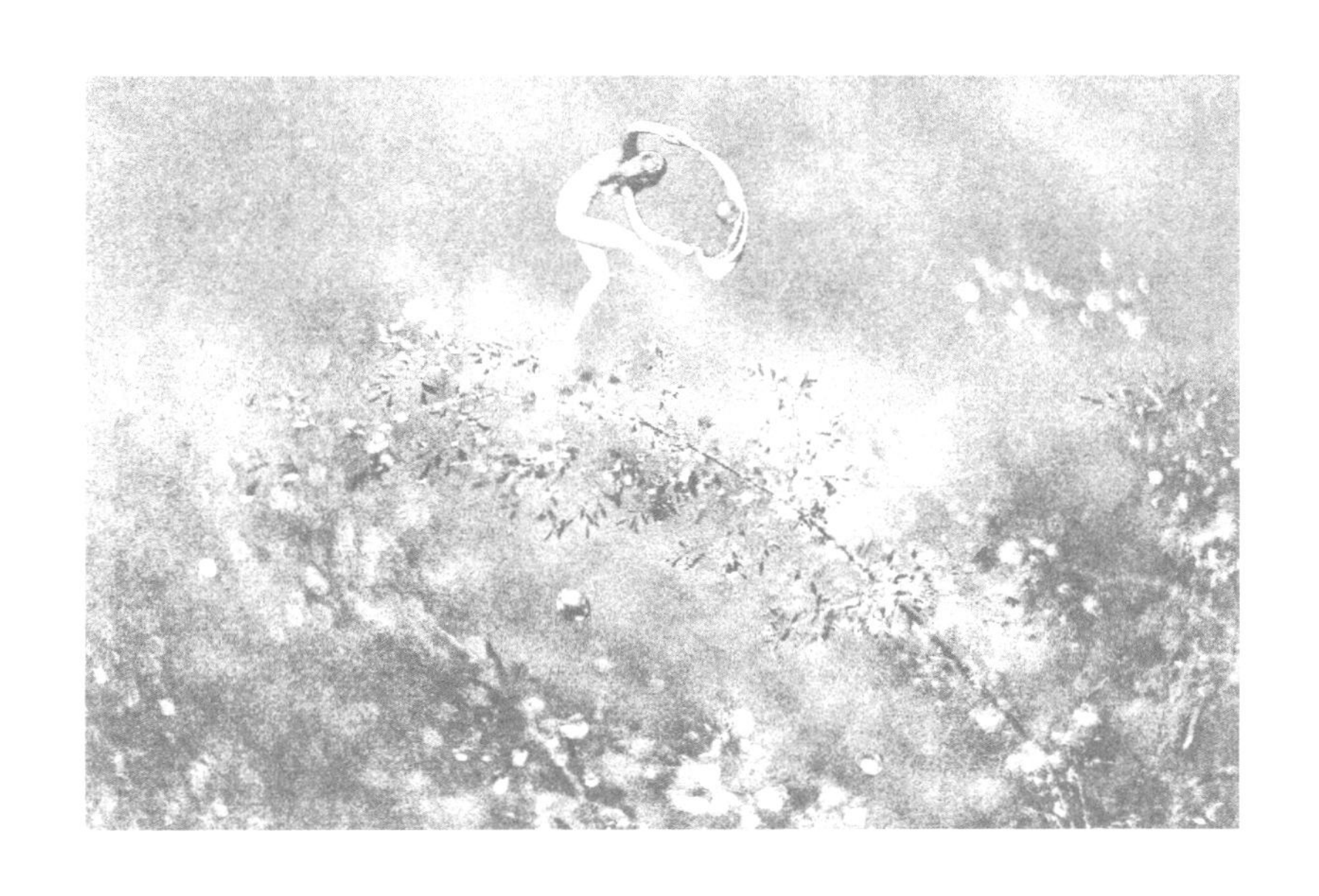

VI

君がもうそこにいない時、君の生命（いのち）は、あたかも危うい小舟を取り囲む驚異と罠に満ちた大海のように、月なき満ち潮の逆流とともに僕の周りに打ち寄せてくる。君は僕を海の危険にさらしたのだ。町に灯がともる時刻、街路の崖に打ち寄せる燐光を放つ高波の上で、重い天幕の襞のように、危険な海の藻や麝香（じゃこう）の匂いのように、君の香りが漂っている。君の気配が変容していく。夜に寄せる満ち潮に洗われた砂浜のように、君は滑らかで純潔だ。君の浄（きよ）らかさは名づけようがない。僕は、砂嵐に掃射された聖像のような君を愛している。僕のところへ戻ってくる時の君は、いつも海に浸（つ）かって濡れていたのだ。

VII

君の後を追って君を呼ぶ僕の想いが届かぬ沖合には、君の手が浮標（ブイ）のように僕の手から離れゆく街路の襲来がある、そして扉がばたんと閉まり、烈しい波濤に君を僕へと投げよこす街路、眠りの中の黒い想念のように君が滑り込んでくる街路、君の痕跡をかき乱す街路の満ち潮がある。不吉な月の傾きのように、波が寄せては返す砂浜に漂着した夢のように、君は僕の眠りを悲しみで満たす。君は決してここにはいないだろう。僕の閉じた腕の中に、軽やかな時に向かって高まりゆくもうひとつ別の夜があり、その夜の星々はすでに海上高くに昇っている。真夜中に、君の心臓の鼓動に耳を傾け、僕は君の明敏な聴覚が中断するのを、大海を知り尽くした貝殻の君の変わらぬつぶやきをうかがっては耳をすます、そして君の閉じた睫毛の下で、異国の星から戻ってきた燦（きら）めきを、ドアノブのように秘めやかな君の手の目覚めを、凝（じ）っと探り見るのだ。

VIII

一時間ごとに、一分ごとに、君の生命（いのち）は朝の中に溶けゆく鐘のように、僕の生命（いのち）を呼び覚ます、あたかも一日をより明るく跳ね上がらせ、大いなる祝祭の予感に胸が刺し貫かれるかのように。朝の賑やかな街路で、濡れた森の縁（ふち）を進むように、僕は君と並んで歩んでゆく、ささやく口もと、泉のような君の瞳、枝葉が広がるような君の笑いのさんざめく顔（かんばせ）。七月の燦爛たる陽光のもと、君の大いなる影の裳裾（もすそ）に顔を覆われながら僕は進んでいく、まるで真昼の炎天下から、戸を押し開けて真っ暗な納屋に入り込んだ男が誰だか分からぬように。君が去ってしまい、街路の空気がへこんだ途端、ある動揺が僕を外へ吸い込む——僕は盲人のように歩んでゆく、口を渇かし、君の香りがさまよう切ない町の空虚な中を。夏の宵の澱んだ眠気に、僕は君のあとから、君を浸した街路の空気に身を浸す——目を閉じて、僕はもう一度追い求める、おびただしい眼差しに磨り減らされ、おびただしい掌（てのひら）で燐光を放つこれら石の湿り気に、君の瞳の感触を、君の手の光を、もう一度追い求めるのだ。

IX

世界は呪われた記憶の蜂の巣のように僕たちの周りにある、あたかも九ヶ月目の婚約者（フィアンセ）を罵る教会の戸口の卑劣な群衆のように。君の名前は通用しない。君は家族たちを悲しませる。君は尊き貴重なパンを分かち合わない。君の欲望にはそれぞれ名前があり、君はそれらすべてを名前で呼ぶことができる、そして僕は、生命（いのち）あるものに名前をつけることが何であるかを君から学んだ、なぜなら君の口を通り過ぎた名前で、いまだに歓びがよぎるのを感じないものは何ひとつないからだ。君の顔は満たされた欲望の傲慢さで街路を蘇らせる。無邪気なまま魅惑する君よ、僕の心のすぐそばに君がいることだけを、僕は知っていた、なぜなら君が素裸でいることを夢想させない仕草など何ひとつないからだ。僕は君と一緒にいる。君の麗しき胸の上で僕は休むだろう。眼を閉じて、もの言わぬ歓びを破廉恥に物語るだろう。真夜中の熱い孤独の中で、扉を閉じて、感謝の祈りを捧げるように、君の名を口にするのだ。

X

君がどこへ行こうとも、僕はいる。君の濁った水にかき乱された春は、君の泉へと僕を招き寄せ、君の活力の中へ僕を誘い込む、あたかも河の流れのあらゆる力が、流れに逆らって泳ぐ人の両肩から生じるように。開け放たれ延々と並ぶ真っ暗な部屋が放置された中で、夜ごと、君の生命(いのち)が僕に届けられ、狂信的な忍耐、そして歳月を経た埃に指の跡を残し、血の留め針の先端に吊された龕灯が僕に差し出される。立ち退いていく君の生命の中で、兵士が再占領する抉られた迷宮より一層、君が認識できない君の生命の中で、ある匂い——敵から奪取した塹壕の匂いと同様、頭がくらくらする親密な匂い——が、隠された堀り穴の底にまで僕を導く。そこには、僕の練兵場、地下壕、坑道、弾薬庫がある。君が入って行ったいくつもの部屋のうち、噛み跡が何ひとつない白さで、白蟻の巣のそばで見かける剥き出しの恐るべき骸骨が、僕の長い記憶に鋭く喰い込む部屋がある。僕の人生には、子どもの頃の絶望よりもさらに燃えるような、バワリー地区の喧噪が滑り込むニューヨークの禍々しい街路があり——家主が朝遅くまで目覚めぬ、物音ひとつしない静かなホテルがある——そして、血の汗と死に際の恐怖の部屋であること以外は何ひとつ僕のあずかり知らぬ部屋が

あり、獣（けもの）のような切れ長の瞳をした女が眠らずにいて、君が十四歳の時に入ったことのある平穏で閑暇な部屋があるのだ。

XI

君を抱きしめ、君を押し開く快楽が、新鮮な柘榴（ざくろ）の果汁のように、君の若さの刺すような酸っぱい樹液を、見開かれた君の目もとにまでほとばしらせる時、そして、君の泉の口から滴（したた）り落ちる原水が、僕の灼（や）けつくような眼を蘇らせてくれる時、僕の季節を狂わせ、身のほどを忘れさせる君の苦い春に、頬をしたたかに打たれるような気がする、そして、時の鐘が鳴るのを耳にして寝過ごしたことに気づく男のように、自分が突如蒼冷める気がする——君が開けずにおいた幾つもの重い扉、君の肉体を苛まなかった幾つもの日射しの彼方へ、僕は一気に君に追いつこうとする熱狂に駆り立てられる。僕の灼(や)けつく夏に向かって、君を急いで連れていきたい――僕の灼熱の季節に君を無理にでも連れていきたい――君の胎内から血をほとばしらせ、君を磔刑(はりつけ)にして君を歓ばせたい――逃れる君の肉体を僕の歯でくわえ、手つかずの君の心臓を熟(う)れさせ、盲(めし)いた君の頭を鉛で覆いたい――僕は感じたいのだ、僕の肉体に繋がれた君の肉体が、いっそう重く歳月を経た井戸の中へ、君の血とともに脈打つ膨らんだ僕の血の中へ、絡み合った僕たちの肉体の夜の中へ深く沈んでゆくのを、そしてほんの少しの僕の死が君の死に毒を塗るのを感じたいのだ。

XII

僕は君と一緒に聖なる山の小道を歩いた。花崗岩の芽からしか生えない窪んだ針状の花で君を飾るため——襞状に垂れ下がる聖遺物箱に秘められた岩の上で、君の愛が僕を覆い尽くしたことを君に知ってもらうため——どこに足を置いても安定しない円錐体の上で、ひたすら君に寄りかかって生きるため、僕は自分の領地へ君を連れてきたのだ。僕は君のために石の間に生えた一輪の野生のアイリスを摘んだ——その庭は、僕たちが砂浜に満ちてくる海を見つめ、海上に雲が流れているのを眺めた修道院の庭よりもさらに静かだった。そこで、僕はひしと君を腕に抱きしめ、錨(いかり)を投げ込むように身を任せた。想い出してほしい、世に隠れて過ごした甘く美しい日々を——想い出してほしい、僕が安らかに君を愛していることを。想い出してほしい、一日中、一晩中、僕の胸に君を抱きしめていたことを——想い出してほしい、波間に浮かぶ岩を——想い出してほしい、もし君を失えば、僕は海の危険の中で、霧笛のようにかすかに君を呼び続けることを、そして必死に踏ん張りながら、砂浜を削る剥き出しの城壁のように、塩が浸み込んだ石のように、僕は君のいた空虚な場所を、夜もすがら見つめ続けることを——想い出してほしい、閉めきった部屋と閉ざされた秘密の扉を——想い出してほしい、忠実な血と堅固な要塞を——想い出してほしい、パンと、共に分かち合った夜を——想い出してほしい、龍を打ちのめす大天使を。

解題

本作の初版原書の奥付に《著者のために刊行され販売を目的としていないこの詩集は、一九五二年七月二十九日に、ユニオン印刷所によって刷り上げられた》と書かれているとおり、本作初版は、限定六三部の私家版・非売品として刊行された。七センチ×十二センチという小冊子で、一九八九年刊のプレイヤード版グラック全集Ⅰに収録されるまでは、ほとんど知られることのなかった散文詩集である。

そのプレイヤード版にも注解等は一切記されておら

ず、わずかに編者による付記に《これらの散文詩篇は、一九五〇年と一九五一年の初めに書かれた。刊行は、一九五二年七月に六三部刷られた非売品のみである。》とだけ記されている。

この詩篇を書いた頃、グラックは四十歳、代表作となる小説『シルトの岸辺』の執筆を、一年半にわたって中断していた時期に当たっており、その間にこのような散文詩を書いたグラックに、何らかの恋愛事象もしくは心的な異変が生じていたのではないかと、筆者などは想像をたくましくしてしまう。

ハンス・ベルメールの元恋人で、一九四七年からシュルレアリスム・グループに加わり、一九五四年からグラックの恋人となったノラ・ミトラニ（一九六一年に彼女が三十九歳で早逝して幕を閉じる）が、本作のモデルではないかと憶測されていたが、二〇〇七年六月、グラックが九十七歳で亡くなる半年前、生前最後となるインタビューの質問に答えて、グラックはそれをきっぱり否定し、対象の有無については口を噤んでいる。

なぜこんな些事にこだわるのかと言えば、本作はグラックには珍しく、直截な愛に熱く高揚しており、硬質で燦めくような隠喩を散りばめた彼本来の美文が、熱い情念と相まって、世にも壮麗な佳品に仕上がっているからである。絶唱とも言うべき全篇に漲るこの熱情が、もし現実上に対象のない、まったく想像上の産物であるとすれば、グラックの詩才は誠に稀有のものと言わねばならないだろう。

そしてこのたび、このグラックの十二篇の絶唱を本にするにあたって、山下陽子さんに挿画を制作いただいた。グラック独特の作風――硬質にして透明感のある浪漫的な壮麗さ――が、山下陽子さんの画風から受ける印象と相通ずると感じたことからお願いしたわけだが、予想に違わず、繊細を極めたコラージュ・フォトプレート・グラヴュールの連作が、《彼方》を想起させるグラックの詩的世界と見事に溶け合い、より奥行きのあるハーモニーを醸し出している。あらためて、彼女の感性の鋭さと技量の高さに脱帽する次第である。読者が何度頁を繙（ひもと）いても飽きが来ぬ、愛蔵するにふさわしい詩画集になったことを喜びたい。

二〇二二年二月　訳者

ジュリアン・グラック　（Julien Gracq　1910〜2007）

シュルレアリスムやドイツ・ロマン派に深く影響を受けたフランスの作家。処女小説『アルゴールの城にて』（1938）でアンドレ・ブルトンに激賞されデビュー。以後、『陰鬱な美青年』（1945）、『シルトの岸辺』（1951）、『森のバルコニー』（1958）、『半島』（1970）の長篇小説の他、散文詩集『大いなる自由』（1946）、戯曲『漁夫王』（1948）、その他多数の評論やエッセイを発表。1951年の『シルトの岸辺』でゴンクール賞に選ばれたが、受賞を拒否した他、評論集『偏愛の文学』（1961）では、生の流動を遮断する文学の閉塞化、商業主義化を徹底して批判するなど、ブルトンの思想の流れを汲む反骨の作家として知られる。

松本完治（まつもと・かんじ）

仏文学者・生田耕作氏に師事し、大学在学中の1983年に文芸出版エディション・イレーヌを設立。主要著書に『シュルレアリストのパリ・ガイド』（2018）の他、アンドレ・ブルトン、ロベール・デスノス、ジャック・リゴー、ジョイス・マンスール、ジャン・ジュネ、ラドヴァン・イヴシックなど編・訳書多数。

山下陽子（やました・ようこ）

銅版画・コラージュ作家。近年はコラージュ作品を写真製版した銅版画〈コラージュ・フォトプレート・グラヴュール〉にも取り組み、手法の境界を越えた独自の創作を展開する。版画集「水の声」をプライベート・プレス Pallaksch より刊行。A・P・ド・マンディアルグ『薔薇の回廊』、ジョイス・マンスール『サテン オパール 白い錬金術』（エディション・イレーヌ）、山尾悠子『角砂糖の日』（LIBRAIRIE6）など、本の挿画も手がける。

異国の女に捧ぐ散文

発行日　2022年7月2日

著者　ジュリアン・グラック
訳者　松本完治
挿画　山下陽子
発行者　月読杜人
発行所　エディション・イレーヌ　ÉDITIONS IRÈNE
京都市右京区嵯峨新宮町 54-4　〒 616-8355
電話 075-864-3488　e-mail : irene@k3.dion.ne.jp
URL : http://www.editions-irene.com

印刷　(株)八紘美術
造本設計　佐野裕哉
定価　3,200円＋税

ISBN978-4-9909157-9-7　C0098　¥3200E